AF451824

LA COMTESSE
DE SUNDERLAND,

OU

L'INDIFFÉRENCE VAINCUE,

COMÉDIE

En un Acte & en Vers libres,

Par M. le Chevalier DU COUDRAY.

Omnia vincit Amor.....

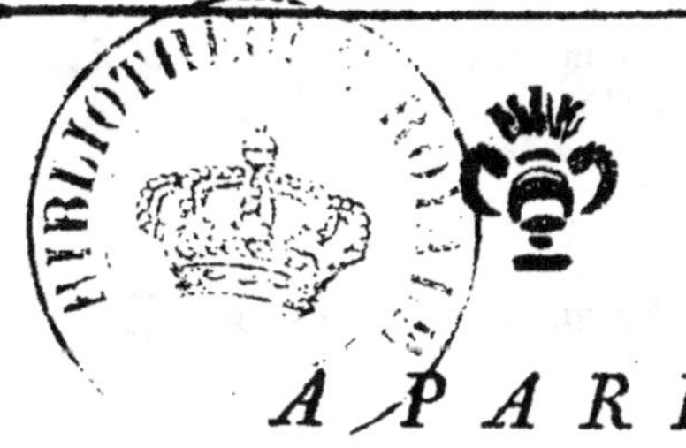

A PARIS,

Chez {
DURAND, Libraire, rue Galande.
MERIGOT, Libraire, Quai des Augustins.
RUAULT, Libraire, rue de la Harpe.
}

M. DCC. LXXV.

Avec Approbation & Privilége du Roi.

ACTEURS.

LA COMTESSE DE SUNDERLAND *.

SIR JOBENTON, Oncle de la Comtesse.

MILORD HARVE', Amant de la Comtesse.

CLITANDRE, François, Amant de la Comtesse.

MARTON, Françoise, Suivante de la Comtesse.

FRONTIN, François, Valet de Clitandre.

UN NOTAIRE Anglois.

* Cette femme si fiere, si indifférente, si aimée & si esti-
mée, &c. LET. MIL. CASTESBI.

La Scene est à Londres chez la Comtesse.

LA COMTESSE

DE SUNDERLAND,

O U

L'INDIFFÉRENCE VAINCUE,

SCENE PREMIERE.

LA COMTESSE (*prenant fon thé.*) MARTON.

MARTON (*chante à demi-voix.*)

Air : *Mufette de Rochard.*

» Hélas ! qui de l'Amour
» Ne connoît la puiffance ?
» D'où vient faire réfiftance,
» S'il faut céder un jour ;
» Si nous devons enfin
» Etre fous fon empire ?...
» Sottement l'on foupire,
» Car tout céde au deftin «.

LA COMTESSE.

Oh ! laiſſe, s'il te plaît, ta nouvelle chanſon ;
Je ſoutiens qu'elle a tort.

MARTON.

Et moi, qu'elle a raiſon.
Contre l'Amour il n'eſt point de défenſe,
L'on ne peut fuir cet aimable trompeur :
C'eſt moi qui vous le dis.

LA COMTESSE.

Défendons notre cœur
Du premier trait que ce Dieu lance,
Et nous éviterons d'être ſous ſa puiſſance :
C'eſt moi qui te le dis.

MARTON.

Son carquois eſt vainqueur.

LA COMTESSE.

D'une tranquille indifférence
Ne ceſſons jamais de goûter la douceur.

MARTON.

Cette douceur ne paroît point exquiſe.

LA COMTESSE.

Mais pouvons-nous, Marton, dans ce pays,
Etre vraiment heureuſes ſans ce prix ?

MARTON.

Sans doute ; & c'eſt, Madame, une haute ſottiſe
De croire Meſſieurs les Maris

Meilleurs à Londres qu'à Paris.
Il feroit affez doux de toujours s'en défendre,
Et de ne point ainfi nous engager.

LA COMTESSE.

Affurément, de moi, tu pourras en juger.

MARTON.

Ciel! qu'on fe défend mal lorfqu'on a le cœur ten-
dre !
Nous ne pouvons long-temps leur pardonner.
Nous ne prétendons point pour cela nous donner;
Mais fottement nous nous laiffons prendre.

LA COMTESSE.

Oui, des Soubretes comme toi.

MARTON.

Mon Dieu! foyons de bonne foi.

LA COMTESSE.

Finis. Du Parc Saint Jame hier la promenade
Etoit des plus brillante.

MARTON.
Oui.

LA COMTESSE.

Vis-tu ce François?

MARTON.

L'amour qu'il a pour vous rend fon cœur bien
malade.

LA COMTESSE.

Tant pis, Marton.

MARTON.

Pourquoi ?

LA COMTESSE.

Je n'aimerai jamais.

MARTON.

Vous changerez peut-être : aura-t-il du succès ?

LA COMTESSE.

Je n'ai point encor vu pareille circonstance,
Ses yeux étoient fixés sans cesse sur les miens.

MARTON.

Et vous souffriez beaucoup de rencontrer les
    siens ?
C'est un nouvel effet de votre complaisance.
Il vous cherche par-tout, par-tout il suit vos
    pas :
A tant d'égards, de soins, vous ne répondez pas !

LA COMTESSE.

Pardonne-moi, Marton, je lui fais politesse.

MARTON.

Voilà donc tout le prix de sa vive tendresse !

LA COMTESSE.

Je le vois en ces lieux, & je l'attends ce soir.

MARTON.

Il vous écrit par fois? Ne pourrois-je favoir?

LA COMTESSE.

Il m'écrit fimplement, je lui réponds de même.

MARTON.

Oh! votre indifférence eft pouffée à l'extrême.

LA COMTESSE.

Je te l'ai déjà dit; mais tu ne me crois point.
Oui, mon cœur eft, Marton, infenfible à tel
    point,
  Que je n'ai pu jamais aimer perfonne,
    Pas même feu mon mari.

MARTON, (riant.)

  Belle raifon! conféquence peu bonne!
  N'aviez-vous pas un amant favori?
Des femmes de Paris c'eft l'ordinaire ufage.

LA COMTESSE.

Çà, Marton, finiffez un peu le badinage.

MARTON.

L'amour de ce François ne peut vous émouvoir
Que doit-il efpérer au moins de fa confiance?

LA COMTESSE.

Si fur moi fon amour avoit quelque pouvoir,
Il pourroit efpérer..... mais on fonne, va voir.

A iv

SCENE II.

LES ACTEURS PRÉCÉDENS.

M A R T O N, (*avec dépit.*)

LE maudit importun !

L A   C O M T E S S E, (*feule.*)

Heureufe indifférence !
Sans toi mon cœur feroit dans une dépendance...
Confervons à jamais la douce liberté :
Non, fans elle, il n'eft point d'autre félicité.
Eh bien, Marton.

M A R T O N.

Le Valet de Clitandre,
Madame.

L A   C O M T E S S E.

Qui ? Frontin.

M A R T O N.

Oui, voulez-vous qu'il entre ?

L A   C O M T E S S E.

Pourquoi pas ?

M A R T O N.

Paroiflez faquin.

SCENE III.

LA COMTESSE, MARTON, FRONTIN.

FRONTIN, (*essoufflé.*)

Excusez-moi,
Madame, si je viens ainsi, daignez permettre...
Et daignez recevoir ce petit mot de lettre ...
Qui vous marque à quel point sa tendresse & sa
   foi....
(Je suis, à dire vrai, d'une ignorance extrême,)
Si mon Maître étoit là, il parleroit lui-même.

LA COMTESSE.

Dois-je la recevoir?

MARTON.

    Lisez, lisez, toujours,

LA COMTESSE.

Voilà, Marton, un fort beau caractere,

MARTON.

D'accord, lisez.

LA COMTESSE.

    Il faut te satisfaire :
Je n'y répondrai point, au moins.

MARTON.

     Que de discours !

FRONTIN.

Puis - je vous demander comment vont nos
 amours ,
 O Soubrette, douce & févere !

MARTON.

Très-mal.

FRONTIN.

(*veut l'embraſſer.*)

S'il eſt ainſi, payſe, qu'il eſt doux !....

MARTON.

Allons finis, ou bien....

LA COMTESSE.

Marton, Eloignez - vous.

SCENE IV.

LA COMTESSE *ſeule*, (*réfléchiſſant.*)

QUEL eſprit !... quelle fineſſe !...
 Que de tendres ſentimens !
 Les hommes lorſqu'ils ſont amans,
Sçavent bien nous tromper par leur feinte ten-
 dreſſe ;
Notre crédulité dans ces heureux momens.....
Ecrivons...... moi, répondre , ô ciel ! quelle foi-
 bleſſe !

LETTRE.

L'on trouvera fans doute, Clitandre, ma dé-
marche hardie ; en effet, elle doit le paroître :
une Angloife faire cas des lettres d'un François !
(Réfléchiffant.)
» Si je dois à l'hymen abandonner mon cœur,
» Faut-il donc qu'un François en devienne
» vainqueur ? »

Le mariage, il eft vrai, me témoigne la fincérité
de vos feux, mais non pas la durée. Vous êtes
conftant, mais vous pouvez devenir volage ; vos
vues font honnêtes, mais ne me conviennent
point : je ne fonge nullement à un fecond mariage ; d'ailleurs mon pere, de qui je dépens, me
deftine au Lord Harvé, que j'eftime beaucoup,
mais à l'humeur & au caractere duquel je ne
puis me faire, quoiqu'il foit né à Londres ; &
ne fçai pourquoi vous autres François vous vous
y plaifez tant. (elle réfléchit.)

» Qu'ai-je dit !... eft-ce moi !... jufte Ciel ! effaçons
» Cette ligne, ou plutôt déchirons, déchirons. «
(elle fe leve.)
Trop févere raifon ! de l'amoureux délire ,
 Vous condamnez les charmantes douceurs ;
 Mai quel pouvoir ! quel tyrannique empire
Ofez vous de tout temps exercer fur nos cœurs !
En vain vous nous offrez une brillante gloire
 A fuir les aimables plaifirs,
 A vaincre nos tendres defirs.

Helas ! foible raifon , bien loin de vous en croire,
Nous dédaignons fouvent vous écouter.
(elle fe promene.)
Pouvons-nous en effet fans ceffe réfifter
Aux difcours enchanteurs , au féduifant langage
D'un Officier , d'un jeune & vif amant ,
Qui dans fa paffion , & qui dans fon hommage
Semble nous exprimer fi bien le fentiment ?
Un amant , quel qu'il foit , eft toujours fort à
craindre.
(lentement.)
Si Clitandre venoit.. pourrois-je me contraindre?
Las ! il découvriroit mes fentimens pour lui :
(vivement.)
J'entends venir quelqu'un , fortons vite d'ici.

SCENE V.

FRONTIN, MARTON.

MARTON.

J'ADMIRE ton adreffe :
Mais pour te croire , point.

FRONTIN.

Pourquoi de ma tendreffe
Douter un feul moment ?

MARTON.

Je ne crois jamais rien
Lorfqu'un maraut , comme toi , nous badine.

FRONTIN (*riant.*)

Qui ? moi te badiner : ah ! ah ! ah ! ah ! fort bien.
Astre de mes amours, vous paroissez mutine !
Par conséquent j'ai donc tort.

MARTON.

Très-grand tort.

FRONTIN.

Quoi, j'ai tort ?

MARTON.

Oui très-tort.

FRONTIN (*criant.*)

Mais je vous aime fort.

MARTON.

Oh ! tu n'as plus de tort.

FRONTIN (*ridiculement.*)

Sur ma foi je te jure.....

MARTON.

Ne fais aucuns sermens crainte d'être parjure.

FRONTIN.

Je suis ravi, charmé de tes appas.

MARTON.

Encore un coup, maraud, ne badines-tu pas ?

FRONTIN.

De qui parlez – vous donc ? Qui vous dit qu'on
badine ?

C'eſt m'offenſer ; aurois-je donc la mine
D'un jeune damoiſeau ?....

M A R T O N.

Malpeſte ! quel caquet !

F R O N T I N.

Je ne ſuis point du tout un petit freluquet.

M A R T O N.

Eh bien ! tant mieux pour toi.

F R O N T I N.

C'eſt ce qui nous conſole.

Apprends.

M A R T O N.

De t'écouter je ne ſuis pas ſi folle.

F R O N T I N.

Que mon maître craint tout de ce fatal lien.

M A R T O N.

Il peut ſe raſſurer, on fera pour le bien.

F R O N T I N.

Oui, mais Mylord Harvé.....

M A R T O N.

N'eſt point ſi redoutable ;
D'ailleurs Clitandre ſeul aura quelque ſuccès.

F R O N T I N.

Pourquoi lui plus ?...

MARTON.

> Parbleu ! le trait est impayable.
> (*riant.*)

Le butor : ah ! ah ! ah ! dis, n'est-il pas François ?

FRONTIN.

On ne pourra jamais tenir, ma chere,
Contre de si fortes raisons.

MARTON.

Une fille d'esprit & de mon caractere
Sçait se rendre bientôt maîtresse des maisons :
En un mot, comme en cent, si tu prétends **me** plaire
Il faut le *conjungo*, sans cela, point d'affaire.

FRONTIN.

Peste ! le *conjungo* : Monsieur paroît, cessons.

SCENE VI.

SIR JOBENTON, MILORD HARVE'.

MILORD HARVE'.

A Vertissez, Marton, votre Maîtresse.

JOBENTON.

Pour revenir à ce que je disois,
Je n'entends plus parler de l'Officier François

Qui me fauva les jours. Je lui fis la promeffe ,
Avec tous mes grand biens, de lui donner ma
    niéce.

MILORD HARVE'.

Sans doute qu'il eft mort ; fi je le connoiffois.....

JOBENTON.

Je ne connois, moi, que fa fignature ;
Il me fauva la vie au camp de Fontenoi ,
Difant qu'il avoit nom le Marquis de TURQUOI.
Il ne me fouvient pas du tout de fa figure.

MILORD HARVE'.

Mais vous vous écriviez peut-être tous les ans...

JOBENTON.

Une lettre de complimens.

MILORD HARVE'.

Fort bien.

JOBENTON.

Il me marquoit pourtant dans fa derniere
Qu'il comptoit fous fix mois paffer en Angle-
    terre ;
Deux ans font écoulés !

MILORD HARVE'.

                    Il n'arrivera point :
Vous êtes par fa mort très-libre fur ce point.

JOBENTON, (la pipe à la bouche.)

Tu peux, mon vieil ami, compter fur ma parole.
                                        MILORD

MILORD HARVE'.

Sir Jobenton, c'eft ce que je difois.

JOBENTON, (*fume.*)

Oh! vous avez bon goût; tudieu! je m'y connois ;
Ton attente, Milord, ne fera point frivole ;
Car je veux... oui je veux, en dépit des jaloux ;
Que dans ce jour tu conjoignes ma niéce :
Elle t'offre la vertu non moins que la nobleffe.

MILORD HARVE'.

Je puis donc me flatter de me voir fon époux.

JOBENTON.

Sans contredit, grace à ton mérite.
(*à l'oreille.*)
Difons le mal afin que l'on l'évite.

MILORD HARVE'.

Vous me direz....

JOBENTON.

Sur-tout que depuis quelques jours
La Comteffe fe plaint de tes brufques amours.

MILORD HARVE'.

Vous pouvez à cela, Monfieur, mettre bon ordre.

JOBENTON.

Les veuves quelquefois donnent du fil à tordre.

MILORD HARVE'.

Votre niéce, je crois, ne m'en donnera pas.

B

JOBENTON.

Je ne fçai trop Milord, malgré tous fes appas
Et fon indifférence, une froide femelle
Nous caufe du tintoin, nous trouble la cervelle.

MILORD HARVE'.

Le fait peut être vrai, toutefois un Anglois
Ne doit point s'arrêter à femblables chimeres,
Ou pour mieux dire enfin, à toutes ces miferes.

JOBENTON.

D'où vient cela l'ami ?

MILORD HARVE',

Paffe pour un François,
Qui né dès le berceau l'adorateur des femmes,
Devient l'adulateur de leurs perfides charmes,
Et même de leurs caprices.

JOBENTON.

Bon !
C'eft mon avis.

MILORD HARVE'.

Oui, maître Jobenton ;
Tout véritable Anglois doit fubjuguer fans ceffe
Ce fexe vain, trompeur, volage, impérieux.

JOBENTON.

Si cela fe pouvoit.

MILORD HARVE'.

Et cacher sa foiblesse
Des regards séduisans qui partent de leurs yeux.

JOBENTON.

Les femmes, je le sçai, ne sont toutes si fieres,
Parce que nous le voulons bien ;
Mais si nous devenions moins doux & plus sé-
veres,
Les femmes, cher ami, pour lors ne seroient
rien ;
Car toute notre complaisance....

MILORD HARVE'.

Qui n'ose se venger, mérite qu'on l'offense.

JOBENTON.

Voilà, je t'avouerai, le plus beau sentiment...

MILORD HARVE'.

Ecoutez, plus qu'un mot : une orgueilleuse femme
Ose enfin me braver & mépriser ma flamme ;
Loin de faire éclater un juste châtiment,
Moi, je me vengeai alors par un mépris plus
grand.

JOBENTON.

C'est digne d'un Anglois.

MIDORD HARVE'.

Tel est mon caractere.
Je voudrois être aimé, sans tant chercher à plaire.

B ij

JOBENTON.

J'ai vu, Milord, j'ai vu, d'imbécilles amants ;
Pour le petit objet de leur petite flamme,
(Qui chacune à son gré fait gouverner son ame)
Etre bas & soumis comme des Courtisans.

MILORD HARVE'.

Si nous cessions un jour de présenter aux belles
  L'hommage de nos tendres feux,
Nous les verrions, ami, par un contraste heureux
Leurs cœurs & leurs esprits , nous être moins
  rebelles,
Et même prévenir, peut – être, tous nos vœux.

JOBENTON.

Finissons, j'apperçois s'approcher la Comtesse.

MILORD HARVE', (à part.)

Cachons-lui , s'il se peut, l'excès de ma foiblesse.

SCENE VII.

SIR JOBENTON , MILORD HARVE', LA
COMTESSE.

LA COMTESSE.

Souffrez qu'à vos genoux, mon oncle , en ce
  moment.....
J'implore vos bontés ; pardonnez-moi si j'ose....

JOBENTON.

Je ne m'attendois point à pareil compliment.

MILORD HARVE'.

D'où vient à notre hymen mettre un retardement ?

LA COMTESSE.

D'où vient vouloir si fort précipiter la chose ?

JOBENTON.

Je ne te comprends pas ; qui peut être la cause,
Niéce, de cet éloignement ?

LA COMTESSE.

Mon oncle donnez-moi tout le temps de con-
noître
L'époux que vous me destinez.

JOBENTON.

Tu le connois.

MILORD HARVE'.

Quoi ? vous me dédaignez.

LA COMTESSE.

Au contraire, Milord ; mais laissez, laissez naître
Dans nous, dans nos esprits les mêmes sentimens.

MILORD HARVE'.

Douteriez-vous des miens ? Vous faut-il des sermens ?
Un autre donc auroit la préférence ?

JOBENTON.

Oh ! point du tout, c'eſt ſon indifférence...

LA COMTESSE.

Daignez conſidérer mon oncle....

JOBENTON.

Non , je veux....

LA COMTESSE.

Que mon premier mariage
N'a point été des plus heureux.

JOBENTON.

Celui-ci le ſera , quatre Kélins je gage ;
Je ſuis ſûr de ſon cœur, ceſſe de conſulter :
Réponds , neveu futur.   [*Il fume.*]

MILORD HARVE'.

Qui pourroit en douter ?
Madame, ainſi que moi, ſoyez franche & ſincère.

LA COMTESSE.

Hélas !

MILORD HARVE'.

Vous ſoupirez !

LA COMTESSE.

Pardonnez à l'amour.

MILORD HARVE'.

L'amour , parbleu ! l'Amour n'eſt qu'une chimere.

(Pour mon rival ne m'embarraſſe pas)
Je ne ſaurois penſer que vous cédiez le pas...

LA COMTESSE (*fiérement.*)

Milord !.....

MILORD HARVE'.

Sinon le courroux qui m'enflamme
Tomberoit ſur mes ennemis.

JOBENTON.

Ne ſeras - tu, Milord, déſormais plus ſoumis?

MILORD HARVE'.

Non pas, je ne ſaurois gouverner mieux mon
ame.

JOBENTON.

Tant pis pour vous. Que Meſſieurs les amants
Sont, à ne point mentir, de ſingulieres gens !
La nuit, comme le jour, ſans ceſſe ſe bataillent
Sur ceci, ſur cela, ſe grondent, ſe chamaillent ;
La moindre bagatelle eſt matiere à procès ;
Ils ſont toujours en guerre, & rarement en paix:
Ma niéce, n'eſt-ce pas ?

MILORD HARVE'.

Répondez-moi, Madame ?

JOBENTON.

Ceſſez, elle ſera dès ce ſoir votre femme.

MILORD HARVE'.

Un eſpoir ſi flatteur me ſera-t-il permis?

LA COMTESSE.

Bas, jufte Ciel! *haut*. Vous pourriez prendre
quelqu'efpérance,
Milord, fi mon indifférence.......

JOBENTON.

Fort bien, je vais prier nos parents, nos amis.

LA COMTESSE.

Ciel! n'allez rien encor précipiter,

JOBENTON.

Ma chere,
De ton fexe je fçai quel eft le caractere.

SCENE VIII.

LA COMTESSE, MARTON.

MARTON.

J'AI manqué d'étouffer pendant cet entretien,
Une heure fans parler!

LA COMTESSE.

D'accord; mais parle bien.

MARTON.

Ouf! un moment, fouffrez que je refpire.

LA COMTESSE.

Si tu pouvois favoir ma fituation,
Sentir quel eft mon fort, que ma peine eft cruelle!

M A R T O N.

Eh! qu'avez-vous? bon Dieu! quelle agitation!
Regrettez-vous Milord ? Quand on eſt jeune &
belle.....

L A C O M T E S S E.

Tu répétes toujours....

M A T O N.

         Flattés de nos attraits;
Meſſieurs les ſoupirans ne nous manquent jamais.

L A C O M T E S S E.

J'aime ma liberté, je fuis le mariage.

M A R T O N.

Avec quelque raiſon ; mais vous êtes trop ſage.

L A C O M T E S S E.

Mais mon oncle prétend que j'épouſe Milord ;
Tu ſais que je le hais.....

M A R T O N.

         Déclarez-lui Madame.

L A C O M T E S S E.

Non, je ne le pourrois.

M A R T O N.

         Il faut faire un effort ;
Et ne point lui céler plus long - temps votre
flamme.

LA COMTESSE.

Mais je craindrois......

MARTON.

Primo, ne craignez rien ;
Fiez-vous à Marton.

LA COMTESSE.

A toi? point.

MARTON.

Quelle idée !

LA COMTESSE.

Parce que tu voudrois....

MARTON.

Connoissez mon dessein,
(il est honnête au moins) vous en serez charmée.

LA COMTESSE.

Quand il faudra, soit.

MARTON.

Mais il le faut enfin.

LA COMTESSE.

S'il le faut, m'y voilà presque déterminée.

MARTON.

Presque ! Milord Harvé (je m'en apperçois bien)
N'est point du tout modelé pour vous plaire :
Ne vous embarrassez, je lui dirai son fait.

LA COMTESSE.

Ne vas point......

MARTON.

Vous craignez toujours ; quelle mifere !
N'y fongez plus.

LA COMTESSE.

Le faut-il ? c'en eft fait.

MARTON.

Vivat ! je viens de gagner mon affaire :
Milord Harvé ! le beau mari vraiment !

LA COMTESSE.

Il a, Marton, le meilleur caractere......

MARTON.

Un peu brutal. L'aimez-vous ?

LA COMTESSE.

Nullement.

MARTON, (bas.)

Le hafard eft heureux. Devenons téméraire.
(haut.)
Je defirerois pourtant que vous époufiez, moi,
Un homme de mon pays.

LA COMTESSE.

Quoi ?

Un François.

MARTON.

Juftement ; vous le nommez, Madame :
De Clitandre en ce jour vous deviendrez la
  femme.

LA COMTESSE.

Tu te moques, Marton.

MARTON.

    Point, je vous le promets.

LA COMTESSE.

Oh ! je n'épouferai de mes jours un François.

MARTON.

J'en demeure d'accord ; cependant ma parole
 Ne fera point, je penfe, fi frivole.
Vive dans tout pays un Officier François !
Pour charmer, pour dompter le cœur des plus
  cruelles ;
Du jeune Dieu d'Amour il porte tous les traits.

LA COMTESSE.

Il en porte, Marton, par fois auffi les aîles,
Et ne fe fixe guere ou ne fe fixe point ;
C'eft un vrai papillon, inconftant, volage,
  Même dans le mariage.

MARTON.

Je ne puis vous paffer, Madame, fur ce point.
Oh ! vous ne rendez point certes d'après nature,
 Et vos portraits font un peu trop chargés.

LA COMTESSE.

Je t'en fais cependant la fidelle peinture.

MARTON.

Madame ce ne font que de vains préjugés ;
Le François......

LA COMTESSE.

                    Eſt léger, étourdi, téméraire ;
Il a mille défauts.

MARTON.

                    Même celui de plaire.

LA COMTESSE.

Tu conviendras du moins en cette occaſion,
Avec moi, qu'ils ſont tous d'une indiſcrétion...

MARTON.

Nenni, je les connois par bonne expérience :
Sur ce point là, d'abord, n'ayez aucun ſouci,
Vous pouvez éprouver Clitandre..... le voici.

SCENE IX.

LA COMTESSE, CLITANDRE, MARTON,
FRONTIN.

LA COMTESSE.

Fuyons !

CLITANDRE.
D'où vient me fuir ?

LA COMTESSE.
Je crains votre préfence....

CLITANDRE.

Ne craignez rien : l'on me verra mourir
Plutôt que de forcer votre cœur à paroître....

LA COMTESSE.

Quand je pourrai, Clitandre, mieux vous con-
noître.

CLITANDRE.

Que ce retard va me faire fouffrir !
Ah ! fi vous lifiez dans mon ame,
Vous y verriez toute ma flamme.

LA COMTESSE.

Cette flamme dans un François
N'eft qu'une flamme paffagere.

CLITANDRE.

Vous faites tort à vos divins attraits;
Croyez-en mon amour & mon aveu sincére.
Quoi! Serez - vous toujours infenfible à mes
feux?

FRONTIN.

Me feras-tu, Marton, toujours auffi cruelle?

LA COMTESSE.

Je crains.....

CLITANDRE.

Quand on eft jeune & belle,
Que pouvez-vous craindre de fi fâcheux?
Répondez?

LA COMTESSE.

Le François eft infidéle, eft volage,
Eft trompeur.

CLITANDRE.

Ah! ceffez de tenir ce langage;
Miladi : non, il n'eft point fait pour vous.

FRONTIN.

Ç'a mon enfant, rends-toi de bonne grace,
Ou finon je faurai bien te prendre dans peu.

MARTON.

Me prendre? moi.

FRONTIN.

Sans doute, ventrebleu!

Je te déclare net ne point quitter la place
Qu'elle ne foit à moi.

MARTON.

Tout comme il te plaira.

FRONTIN.

Je te prendrai d'affaut.

MARTON.

Eh bien ! nous verons ça.

CLITANDRE.

Vous ne répondez point, votre cœur eſt muet.
Je ſuis François, & François pour vous plaire.

LA COMTESSE.

Que n'êtes-vous donc né plutôt en Angleterre !
Clitandre, pardonnez ce ſoupir indiſcret !

CLITANDRE.

Il eſt cher à mon cœur.

LA COMTESSE.

Qu'ai-je dit malheureuſe !

MARTON.

Voici Milord Harvé dans l'autre appartement.

CLITANDRE.

Cet odieux rival....

FRONTIN.

L'aventure fâcheuſe !
MARTON.

MARTON.

Vite, retirez-vous sans nul retardement.

CLITANDRE.

Du-tout.

LA COMTESSE, (*fiérement.*)

Obéiffez, fongez à vous contraindre;

MARTON, (*avec ironie.*)

Un François doit favoir fe déguifer & feindre.

SCENE X.

LA COMTESSE, JOBENTON, MILORD
HARVE', MARTON, UN NOTAIRE.

MILORD HARVE'.

Voulez-vous plus long-temps amufer mon
efpoir ?
Il faut fe décider, Madame, dès ce foir.

LA COMTESSE.

Je le dois.......

JOBENTON, (*brufquement.*)

Eh bien, niéce, à quand ton mariage
Avec Milord ?

LA COMTESSE.

Hélas !

C

JOBENTON.

Car c'est lui, je le gage,
Que tu choisis.

LA COMTESSE.
Mon oncle !

JOBENTON.
Tu fais bien.

MARTON, (*bas à part.*)
Pas tout-à-fait encor.

JOBENTON, (*au Milord.*)
Vous ne lui dites rien ;
Pourquoi ?

MILORD HARVE'.
Son cœur pour moi semble toujours farouche ;

LA COMTESSE, (*bas.*)
Je tremble.

MILORD HARVE'.
En ma faveur un mot de votre bouche.

LA COMTESSE.
Vous me voyez, Milord, confuse en ce moment.

JOBENTON, (*il fume.*)
De tout ceci voyons un peu le dénoument.

MARTON, (*bas à l'oreille.*)
Songez à ce François: sur-tout point de foiblesse.

LA COMTESSE.

Pardonnez, s'il vous plaît, à mon impolitefle.

JOBENTON, (*il crache.*)

Cette façon commence à m'impatienter.

SCENE XI.

LES ACTEURS PRÉCÉDENS, UN NOTAIRE;
CLITANDRE, FRONTIN (*au fond du Théatre.*)

LA COMTESSE.

VOULEZ-vous bien, mon oncle, m'écouter ?

JOBENTON, (*l'imite.*)

Oui ma niéce......

LE NOTAIRE.

Prêtons une oreille attentive.

CLITANDRE, (*à part.*)

Quels fecrets mouvemens !

LE NOTAIRE.

Vous pouvez commencer.

JOBENTON, (*s'affied.*)

Affeyez-vous, Meffieurs.

LE NOTAIRE.

Quelquefois il arrive

C ij

De certains faits, Madame, ou bien de certains
    cas
Que le futur conjoint souvent ne prévoit pas.

LA COMTESSE, (*au Mylord.*)

J'ai vu dans vos discours une franchise extrême ;
Les miens à votre égard doivent être de même.

LE NOTAIRE.

Paix. Ecoutons, Messieurs, & suivons pas à pas.

LA COMTESSE.

Vous me l'avez, Mylord, recommandé vous-
    même ;
Puisque l'on m'y contraint, je vous dirai que
    j'aime.

CLITANDRE, (*à part.*)

Juste Ciel !

LA COMTESSE.

    Sans rougir, je vous en fais l'aveu

MILORD HARVE'.

Ah ! pourquoi, si long-temps, m'avoir caché ce
    feu ?

JOBENTON.

Ma niéce, tu m'avois toujours paru sincere.

LA COMTESSE.

Je le suis en effet.

LE NOTAIRE,

        Attendons jusqu'au bout

Votre niéce, Monfieur, va nous délarer tout :
Ne l'intimidons point. Pourfuivez votre affaire.

MILORD HARVE'.

Vous feriez mon bonheur.....

LA COMTESSE.

Si je pouvois le faire ;
Milord Harvé, qu'il me feroit bien doux
De partager mes biens & mon cœur avec vous !

JOBENTON.

Je te reconnois là.   (*il fume.*)

MILORD HARVE'.

Comment puis-je répondre
A tant de générofités !
Que de graces !..... que de bontés !.....

CLITANDRE, (*à part.*)

Cet infolent rival, que ne puis-je confondre !

LA COMTESSE.

Hélas ! vous vous trompez, il n'eft en mon pouvoir
De vous choifir.

JOBENTON.

Comment ?

LE NOTAIRE, (*à la Comteffe.*)

Paroiffez moins émue,

LA COMTESSE.

Pour un autre que lui mon ame prévenue ,
Ne lui doit plus laiffer aucun flatteur efpoir.

LE NOTAIRE.

L'aurois-je deviné, Meſſieurs, ſans le ſçavoir ?

CLITANDRE.

Je renais à préſent.

LA COMTESSE.

Choiſiſſez une femme
Digne de vous, digne de votre flamme ;
Conſervez-moi toujours.....

MILORD HARVE', (*bruſquement.*)

Ah ! c'eſt trop m'irriter.

(*il ſe leve.*)

LA COMTESSE, (*fierement.*)

Votre eſtime, Milord, que je crois mériter.

CLITANDRE, (*à part.*)

De ma juſte fureur je ne ſuis plus le maître.

JOBENTON.

L'indifférence enfin que tu faiſois paroître....

LA COMTESSE, (*ſe jette dans ſes bras.*)

Oſez-vous inſulter encor à mon malheur ?

LE NOTAIRE.

Charmante Myladi, nommez votre vainqueur.

LA COMTESSE,

Mon oncle..... c'eſt hélas !

LE NOTAIRE.

Achevez.

LA COMTESSE.

C'eſt Clitandre.

JOBENTON, (*étonné.*)

Cet Officier François !
(*Clitandre ſe jette à genoux.*)

LA COMTESSE.

Je n'ai pu m'en défendre.

MILORD HARVE'.

Eſt-il, ô Ciel ! un plus cruel tourment !

CLITANDRE.

Eſt-il, ô Ciel ! un deſtin plus charmant !

MILORD HARVE'.

Oui, je renonce à toutes vos tendreſſes ;
Et je maudis cent fois & femmes & maîtreſſes !
(*Il ſort.*)

SCENE XII.

LA COMTESSE, CLITANDRE, JOBENTON,
LE NOTAIRE.

CLITANDRE.

JE ne prévoyois pas l'heureux événement.

LE NOTAIRE.

Futur cher oncle, il faut étaler vos richeſſes.

JOBENTON.

Si je veux. Parbleu ! niéce, on ne s'attendoit pas…

LE NOTAIRE.

Je le préſumois, moi, qu'elle avoueroit le cas.
L'hymen eſt-il conclu? l'hymen eſt-il à faire ?
Ma préſence en ces lieux eſt-elle néceſſaire ?
Parlez.

CLITANDRE.

Très-fort, Monſieur le Tabellion ;
En attendant paſſez dans le ſallon.

LE NOTAIRE.

Je m'en vais au plutôt griffonner votre affaire.

(Il ſort.)

SCENE XIII.

LA COMTESSE, JOBENTON, CLITANDRE.

LA COMTESSE.

Mon oncle, donnez-nous votre confentement ;
Je renonce à l'hymen, fi....

JOBENTON.

Ma chere Comteffe ;
Je ne vous donnerai jamais mon agrément ;
Car vous m'avez manqué effentiellement.

LA COMTESSE.

Adieu Clitandre, adieu, je quitte la tendreffe ;
Et vais paffer ma vie & finir ma jeuneffe....

CLITANDRE.

Non, non, vous ne pouvez le refufer.

JOBENTON.

Pourquoi ?

CLITANDRE.

Je vous fauvai la vie aux champs de Fontenoi.

JOBENTON.

De ce trait généreux, j'ai bonne fouvenance :
Comment vous nommez-vous ?

CLITANDRE.

Le Marquis de *Turquoi.*

JOBENTON.

O Ciel ! exigez tout de ma reconnoiffance.

LA COMTESSE.

Pouvez-vous refufer d'être fon protecteur ?

JOBENTON.

Je m'abandonne à toi, mon cher libérateur.

CLITANDRE.

Voici votre billet, le prix de ma vaillance.

JOBENTON.

La preuve étant ainfi, dans le même moment
Je dois, mon cher Marquis, acquitter ma pro-
    meffe ;
Tous mes biens font à toi : fans peine.....

CLITANDRE.

                  Nullement :
Il me fuffit, Monfieur, du cœur de votre niéce.

JOBENTON.

A ces nobles façons, à ces géné eux traits,
On peut facilement reconnoître un Français.
                  (Ils s'embraffent.)

SCENE DERNIERE.

LES ACTEURS PRÉCÉDENS, FRONTIN,
MARTON, VOISINS ET VOISINES.

FRONTIN.

Madame permettez, qu'avec le voiſinage,
Nous donnions en honneur de votre mariage
Une eſpece de bal, quelque choſe d'eſprit.

LA COMTESSE.

Volontiers mes enfans.

MARTON, (lui tend la main.)

Touche là ; tout eſt dit.

LA COMTESSE.

Voilà cinquante écus pour votre récompenſe.

MARTON & FRONTIN, (enſemble.)

Grand merci ; vous avez trop de bonté pour nous.

CLITANDRE.

Crainte de les gêner, Madame, éloignez-vous.

JOBENTON.

Le Marquis a raiſon. Commencez votre danſe.

Ballet général.

VAUDEVILLE. *

I.

Certaine Angloise Philosophe
Se voyant veuve parmi nous,
Dès la premiere catastrophe
Ne voulut plus avoir d'époux;
Aussi froide qu'une statue;
Mais un François se présenta.
    Voilà, voilà
L'indifférence vaincue.

II.

Une Danseuse si sévere,
Qu'amour ne sçavoit la toucher;
Faisoit la rétive & la fiere;
On ne pouvoit en approcher,
Aussi froide qu'une statue;
Un Financier se présenta.
    Voilà, voilà
L'indifférence vaincue.

---

* A mettre en chant par quelqu'un de la famille.

III.

Timon, surnommé le Sauvage,
Ne se montroit que rarement:
Par-tout il disoit peste & rage
Contre le sexe si charmant;
Le cœur plus froid qu'une statue;
Une belle se présenta.
    Voilà, voilà
L'indifférence vaincue.

IV.

La fille à Monsieur Nicodême
Refusoit toujours un parti;
C'étoit pourtant la douceur même;
Et le minois le plus genti;
Aussi froide qu'une statue;
Un Officier se présenta.
    Voilà, voilà
L'indifférence vaincue.

APPROBATION.

J'AI lû par ordre de Monseigneur le Chancelier, un Manuscrit ayant pour titre *Poësies diverses*, & j'ai cru qu'on en pouvoit permettre l'impression. A Paris, ce 27 Novembre 1773.

MARCHAND.

PRIVILEGE DU ROI.

LOUIS, par la grace de Dieu, Roi de France & de Navarre : A nos amés & féaux Conseillers, les Gens tenans nos Cours de Parlement, Maîtres des Requêtes ordinaires de notre Hôtel, Grand-Conseil, Prévôt de Paris, Baillifs, Sénéchaux, leurs Lieutenans Civils, & autres nos Justiciers qu'il appartiendra : SALUT, notre amé le Sieur Chevalier DU COUDRAY, Nous a fait exposer qu'il désireroit faire imprimer & donner au Public, *le Luxe, Poëme, & autres Poësies* de sa composition ; s'il Nous plaisoit lui accorder nos Lettres de Privilége pour ce nécessaires. A CES CAUSES, voulant favorablement traiter l'Exposant, Nous lui avons permis & permettons par ces Présentes, de faire imprimer ledit Ouvrage autant de fois que bon lui semblera, & de le faire vendre & débiter par tout le Royaume, pendant le temps de trois années consécutives, à compter du jour de la date des Présentes. Faisons défenses à tous Imprimeurs, Libraires, & autres personnes de quelque qualité & condition qu'elles soient, d'en introduire d'impression étrangere dans aucun lieu de notre obéissance : A la charge que ces présentes seront enregistrées tout au long sur le Registre de la Communauté des Imprimeurs & Libraires de Paris, dans trois mois de la date d'icelles ; que l'impression dudit Ouvrage sera faite dans notre Royaume, & non ailleurs, en bon papier & beaux caracteres ; que l'Impétrant se conformera en tout aux Réglemens de la Librairie, & notamment à celui du 10 Avril 1725, à peine de déchéance de la présente Permission ; qu'avant de l'exposer en vente, le Manuscrit qui aura servi de copie à l'impression dudit Ouvrage, sera remis dans le même état où l'Approbation y aura été donnée, ès mains de notre très-cher & féal Chevalier, Chancelier Garde des Sceaux de France, le sieur DE MAUPEOU ; qu'il en sera ensuite remis deux Exemplaires dans notre Bibliothéque publique, un dans celle de notre Château du Louvre, & un dans celle dudit sieur DE MAUPEOU ; le tout à peine de nullité des Présentes. Du contenu desquelles vous mandons & enjoignons de faire jouïr ledit Exposant & ses ayans causes, pleinement & paisiblement, sans souffrir qu'il leur soit fait aucun trouble ou empêchement. Voulons qu'à la copie des Présentes, qui sera imprimée tout au long au commencement ou à la fin dudit Ouvrage, foi soit ajoutée comme à l'original. Commandons au premier notre Huissier ou Sergent sur ce requis, de faire pour l'exécution d'icelles, tous actes requis & nécessaires, sans demander autre permission, & nonobstant clameur de harro, charte Normande & Lettres à ce contraires. CAR tel est notre plaisir DONNE' à Versailles, le trente-uniéme jour du mois de Décembre, l'an mil sept cent soixante-douze, & de notre régne le cinquante-huitiéme. Par le Roi en son Conseil.

LE BEGUE.

Registré sur le Registre XVIII. de la Chambre Royale & Syndicale des Libraires & Imprimeurs de Paris, N°. 2048. fol. 603, conformément au Réglement de 1723, qui fait défenses, Art. IV. à toutes personnes de quelque qualité & condition qu'elles soient, autres que les Libraires & Imprimeurs, de vendre, débiter, faire afficher aucuns Livres pour les vendre en leurs noms, soit qu'ils s'en disent les Auteurs ou autrement, & à la charge de fournir à la susdite Chambre huit Exemplaires prescrits par l'Art. 108 du même Réglement. A Paris, ce 5 Janvier 1773. C. A. JOMBERT pere, Syndic.